108가지의 뷔페식 사랑

강윤순 시집

시인의 말

그는 내게 눈 맞추고 말 맞춰 주는 친구였습니다.
기쁨으로, 때로는 가누지 못할 슬픔으로 비틀거릴 때
늘 내 곁에서 산세비에리아 같은 용기를 뿜어 주었습니다.
기둥처럼 말없이 나를 기대게 했습니다.
때때로 내 정곡을 찔러 등을 보이는가 싶다가도
다시 반듯한 모습으로 내 앞에 서곤 했습니다.
이제 그와 놀았던 놀이를 이곳에
하나하나 풀어 놓으려고 합니다.
룰에 맞춰 제대로 논 것인지
아니면 그냥 놀이로만 그치고 말았는지
두려움과 설렘이 교차됩니다.

배롱나무 아래서 환히 웃고 있을 남편에게
이 첫 시집을 바칩니다.

2007년 9월 강윤순

차 례

● 시인의 말

4

제1부

평생 이고 가는 사랑

박쥐와 나

박쥐는 동굴 천장에 붙어 있고
나는 동굴 바닥에 붙어 있다

동굴 천장의 깃털은 날아다니고
담요 바닥의 깃털은 질척인다

박쥐가 깔고 있는 마른 깃털과
내가 깔고 있는 젖은 깃털이
마주보고 있다

박쥐는 두 눈을 멋으로 달고
너를 잃은 나는
두 눈을 장신구로 달고

박쥐도 나도 어둠 속에
빛이 없는 눈알만 굴리고 있다

저녁 식사

사냥을 하기 위해 파파존스에 갔다

그는 쿠라부라웡을 겨누었다

그는 나에게 어린 돼지를 겨냥하라고 했다

그는 방아쇠를 당기지 않고 오른손에 칼을 들었다

나는 왼쪽으로 뒤뚱거리며 포크댄스를 추었다

그는 입이 무디었지만 칼 솜씨는 날렵했다

나는 그이 앞에서 가면극을 했다 코가 자꾸 길어졌다

 날렵하게 또는 뒤뚱이며 우리의 포획물은 황야로 사라
졌다

 사냥을 할 때마다 그는 지갑을 쏘아 올렸다

 사냥을 할 때마다 나는 말을 쏘아 올렸다

밤이 되자 우리는 두 개의 별이 되었다

아궁이 속으로 들어가는 여자

햇살에 튀겨진 석류 알이 벌어져 있었어요 이따금 바람이 붉은 휘파람을 불며 지나갔어요

대장간이었나 익은 고추밭이었나 아니 생솔가지 튀는 아궁이 앞이었는지도 몰라요

수세미 자루를 보았어요 누렇게 익어 아래로 쳐져 내린 수세미, 건들거리는 다리 사이로 마른 잎 하나가 막 시치미를 떼고 있었어요

내 속에서 빠져나간 바람이 끈질기게 수세미 자루를 흔들었어요

그러자 그 속에서 시뻘건 변명들이 쏟아져 나왔어요

벽보다 두꺼운 그 변명을 침 묻은 손가락으로 뚫었죠

작은 구멍 사이로 수세미 뼈 같은 그이의 얼굴이 보였어요

그리고 한 여자가 도마 위에 나를 뉘어놓고 칼질을 하고 있었어요 낑낑대는 신음 소리와 탁탁 피 튀기는 소리, 여자는 내 인내가 고래 힘줄보다 더 질기다며 칼 잡은 손이 부들거리고 있었어요 벌겋게 상기된 여자를 바라보며 그이의 얼굴에서 조개젓보다 더 삭은, 식은땀이 흘러내리고 있었어요

그런데 참 희한한 일이죠 그런 모습을 보고 내 머릿속

은 점점 후련해 졌어요

　머리끝에서 발끝까지 난도질된 내가 스폰지케이크처럼 부드러워지더니 바닥으로 천천히 스며들었어요

　내가 자취도 없이 사라진 그곳에 연산홍보다 더 붉은 노을이 피어났어요 그 노을은 끝간 데 없이 붉게 붉게 퍼져 나가고 있었어요

　생솔가지 허리를 부러뜨리며 밥을 지을 때마다 나는 나를 벌건 아궁이 속으로 그렇게 밀어 넣고 있었어요

갭

사진 속에는 시간이 멈춰 있다
지나간 시간이 고스란히 그 속에 고여 있다

사진 속에서 웃고 있는 나는
웃음소리도 내지 못하는 큰 입을 갖고 있다

웃고 있는 사진 속의 나를 울고 있는 내가 본다
울고 있는 나를 보고 사진 속의 내가 웃는다

나를 보는 사진 속의 나는
나의 뒷모습을 기억하지 않는다, 기억하지 못한다

웃고 있는 사진 속의 나를 등지고 앉아
울고 있는 내가 사진 속의 나에게 빠진다
구겨진 종이 같은 내 뒷모습을 뚫고
웃고 있는 사진 속의 내가
울다가 웃는 내 모습으로 완성된다

시간을 붙잡고 있는 사진 속의 나와
시간을 붙잡지 못하는 나 사이로

추억이 키네마처럼 흐른다, 흘러간다

기미
— 詩

내가 처음 깨문 것은 풋매실이었다 오그라 붙은 한쪽
눈에서 연신 신물이 솟아올랐다 흘러내린 침 자국이 새파
랗게 변했다 깨물린 살 속에 촘촘한 헛바늘들이 제멋대로
꿈틀거렸다

자외선에 반항하는 멜라닌이 광대뼈 주위로 뭉쳤다 광
대뼈를 에워싼 주근깨가 멜라닌을 덮었다 그 밑으로 아무
도 모르게 검은 거래가 이뤄지고 있었다

그 무렵에 익어 있던 석류는 자신 있게 벌건 속을 드러
내고 있었다 석류 알에 들었던 바람이 시뻘건 염문을 퍼
뜨리고 다녔다

뱃살이 트기 시작했다 더러는 허벅지로 더러는 정강이
로 함부로 번지는 옴처럼 온몸으로 퍼져 나갔다

만산에 든 포자낭, 아직 덜 익은 채로 양수가 터져 나오
고 어쩔 수 없는 낌새와 기미氣味와 검은 반점이 자궁 문
에 매달렸다

과일 축에도 들지 못하는, 비평가들의 혀끝에서 내동댕
이쳐지는 돌배를, 그렇게 나는 온전한 과일이라고 낳았다

차크라

감이 떨어졌다

감이 떨어지고 나서야 감을 잡았다

여자는 눈을 감고
돌가루의 남자를 익반죽 하고 있었다
맹목적으로
여자는 남자의 몸을 빚어
기둥에 매달았다

혼이 붉어지기 위해 남자는
살을 뜯고 뼈를 깎았다
마침내 피돌기가 시작했을 때
남자는 부드러워졌다
조각칼이 번득이고 있었다

여자의 살집이 여자를 떠나
남자의 격식에 맞추어졌다
여자와 남자가 하나의 초점이 되었을 때
남자는 남자를 지배했다

붉은 유리관을 깨고

여자가 떨어졌다

여자는 여자를 잡았다

분재

나는 아는 것이 아무것도 없다
줄다리기를 알지 못하고
기지개를 알지 못한다
엿가락을 알지 못하고
별똥별을 알지 못한다

내가 오직 안다고 말할 수 있는 것은
돌멩이 얹힌 어깨
족쇄 채인 발목
잔뜩 주눅 든 눈빛뿐이다

나는 정원사가 아버지인
상자 속의 큐빅이었다
상자에 맞춰 밥을 먹었고
상자에 맞춰 말을 했었다
어쩌다 불쑥 튀어나온 기침은
여지없이 상자에 맞춰 구부러졌다

나는 늘 나를 꺾고 버려야 했다
언제 어느 곳이든지

나를 줄이고 낮춰야 비로소
나로서의 내가 되었다

삼나무 잎 가위손이 내가 버린 팔목이다
씨름판의 골리앗이 내가 눌린 야망이다
산등에 걸쳐 있는 구름이 훨훨 내가 벗어던진 옷이다

블랙홀

간헐천처럼 여름이 끓고 있었어요 여자를 둘러싸고 세상은 온통 녹색 안개로 뒤덮여 있었어요 무릎 꿇은 여자 앞에 진화를 멈춘 성곽의 도시는 조용했어요 그 속으로 들끓어 오른 블랙홀 뚜껑이 저절로 열렸어요 배롱나무 가지를 켜며 매미가 레퀴엠을 노래했나요 그 속에서 마흔셋의 한 남자가 걸어 나왔어요 일에다 젊음을 저당 잡혔던 남자, 깡 소주잔도 한껏 기울지 못했던 남자, 입보다 눈이 먼저 웃던 남자, 그 눈 속에 아이를 넣고 키우던 남자, 그 남자를 따라 이십 년 전의 여자는 자꾸 허공을 거꾸로 걸어가고요 여자를 내려다보며 배롱나무에 앉은 매미는 꺽꺽 소리 내어 울고요 간헐천처럼 여름이 들끓고 있었어요

중재

　자물쇠가 채워진 입술은 차돌보다 단단했다 눈에서 빠져나온 빛들이 유리잔 속에 검은 철가루로 가라앉아 있었다 달려온 바람이 관성의 법칙으로 자물쇠를 흔들었지만 금방 철가루 사이로 스며들었다 침묵은 칠흑보다 어두웠다 내가 라운드 테이블을 들고 입술 사이로 끼어들자 말랑말랑한 열쇠 하나가 나와 눈을 맞췄다 옹벽으로 둘러싸인 무대 앞에 서서 나는 실오라기 하나 걸치지 않고 광대처럼 춤을 추었다 열쇠들이 서서히 달아오르고 뜨거워진 열쇠들로 하여 자물쇠들이 말랑말랑해지기 시작했다 입술과 입술 사이의 어둠이 서서히 빠져나갔다 철가루들이 바람을 타고 먼지가 되어 흩날리자 여기저기서 봇물처럼 열쇠들의 아우성이 터져 나왔다 마침내 벽면으로 실뱀들이 기어 다니기 시작했다

온쉼표

집 앞, 당신이 심은 높은음자리 나무에 스물다섯 해를 지나간 사계절의 코끝이 반들거립니다

고저음 불가로 움직이지 않는 당신 말고는 오선지 오르내리며 음표들은 구르거나 물구나무를 서거나 매달리며 잘 지내고 있습니다

모양이나 무게를 수시로 바꿔가며 피아니시모, 때로는 포르테시모를 업고 놀기도 하죠

겹 날개 팔랑이며 뛰어다니기도 하고 고치처럼 문 없는 방에 앉아 온몸으로 긴 음을 뽑아내기도 합니다

어느 때는 스타카토로 잔뜩 멋을 부리다가 4분의 2박자를 불러 폴카를 추기도 해요

뇌명 아래 벼락으로 섰던 당신의 그림자,

아무렇게나 버려졌던 악보가 비에 젖고 먼지에 찌들어 휴지처럼 거리를 나뒹굴고 있을 때 안개는 모호한 미명을 안고 오랫동안 탱고를 추었어요

당신의 그림자를 오선지 안으로 거두기까지는 수없이 많은 음소들을 도돌이표로 되돌려야 했죠

씻고 말리고 다려진 악보 안에 당신의 자리가 마련되기

까지 나는 허리를 접고 또 접으며 주머니에 행커칩을 꽂지 않았습니다

소금에서 쉰 냄새가 풍겨 나올 그 즈음 씨로 땅속을 언제까지 헤매던 능소화가 죽은 고목나무를 싸안고 낭창거리더군요

이제 나무 그늘 아래서 옥타브를 늘리며 부풀리며 음표들은 언제까지 자유로울 거에요

문득 문득 여름날 장대비같이 쏟아내고 싶은 울화중과 오선지 안에 2% 부족함이 출렁이는 것 외에는 비발디의 사계절은 이내 흘러갈 것입니다

당신 곁에 나란히 내 온쉼표가 붙는 그날까지 그냥 웃고만 계십시오

다시 봄입니다 바람에게서 낯익은 향기가 납니다

가을, 비

더 오를 곳 없는 이곳 마천루 지붕 위에 내가 있어요 앉아 있는 내 앞에 볼우물 깊은 당신이 찾아와요 당신이 오는 소리를 듣고 황등룡 밝힌 나뭇잎들이 몰려와요 웅성거리며 몰려와요 당신의 성화聖化는 시작되고 나는 당신 때문에 무거워져요 당신은 붉거나 노랗거나 풍선처럼 부풀고 있는데 나는 점점 무거워져요 당신의 잔치는 온 세상을 떠올려요 나는 가라앉아요 당신이 내 등을 붙잡지만 내가 흔들려요

어지러워요 비틀거리며 비

포장 바닥에 나뒹굴어요 당신이 내게 온 날을 탈수기에 넣었더니 짙은 잉크가 빠져나가요 군데군데 얼룩이 남아 있어요 당신을 기다리며 얼마나 고운 꿈을 꾸었는지 아니에요 얼마나 무서움에 떨었는지 그래요 얼마나 설레었는지 참담했는지 당신이 바싹 마른 손을 흔들면 비

바람에 밀려다녀요 황혼에 밀려다녀요 우리가 맞잡은 손이 따뜻해지면 우리는 떨어져야 해요 떨어져요 당신은 은백색의 동굴 속으로 나는 은회색의 밀림 속으로 떨어져

요 동행하는 누구도 없이 떨어져요 아주 가늘게 떨어져요
절뚝거리며 떨어지는 동짓달의 햇살, 힘들었던 당신의 그
림자 떨어져요 내가 떨어져요

나문재 있었다

다투고 싶진 않았어
처음부터 편견이었다고 해도 할 말이 없어
늘 솟아오르기만 했던 너의 어깨처럼
섬 안의 섬은 부풀어 있었으니까

각진 공이 되고 싶었어
깨금발
애드벌룬
우유 잔 속에 치고 오른 왕관
저녁 그림자
바닥
바람을 안고 있는 벽

내가 부린 억지가
상자 안에 쌓이는 동안
해가 밤하늘에 풍선처럼 떠 있었어
럭비공이 오리를 낳고
거위 젖에서 검은 우유가 흘러나왔어
폭탄 맞은 네 어깨를 보며
헤비메탈 가수가

맹꽁이 타령을 했어
발라드에 젖어
락이 혼자 진고개를 넘어갔어
가버렸어

너를 눈 속에 넣은 나를 보고
흔들의자가 말했어
'산을 힘껏 짊어져 봐요'
'갯벌을 양팔로 한껏 안아봐요'
나문재에 와서야 비로소
나 문제 있었다는 걸 깨달았어

염습

얼음 숲에서 나온 당신에게서
국화향이 배어났습니다
당신을 배웅하기 위해
하얀 손수건을 준비했지만
다시는 열리지 않을 문 앞에
제 무게 못 이기고 나뒹굴다 찢겨진
레퀴엠의 선율들만 낭자합니다
그러나 닫힌 문 두드리기엔
너무 늦어버린 죄
머리카락으로 신발 짓지 못하고
살가죽으로 옷을 짓지 못하고
미루다 못한 죄
열두 마디마다
시퍼렇게 멍만 들고 말았습니다
이제 조낭발 속에
등을 싸안아 주던 당신의 그 따뜻했던 입김과
산그늘보다 더 넓었던 뜰을 거두어 넣고
쌀 한 줌과 동전 세 닢으로
돌아올 수 없는 길을 떠나려는 당신
가시는 먼 길 환해지도록

진주알로 불 밝혀드리겠습니다

붉은 명정에

당신의 그 크고 깊은 뜻

소리 없는 통곡으로

새겨 넣겠습니다

오메기술이야

내 피는 들끓어 오른 혁명이다
내 혼은 형체도 없는 암모니아다
빛을 잘라먹고
온도를 지배하며
결집된 옹고집
어쩔 수 없이
허물어지고
비틀리며
짓이겨져
마침내
포타주보다 걸쭉한
내가 태어났으므로

나를 네 속에 넣은 너는

붉은 띠 두른 야광충
고래고래 지르다 용연향만 던진 고래
죄짓고 멍석말이하는 혀가 될 수밖에 없다
너를 이미 잃은 너는
낮달 보고 시비 거는

개가 될 수밖에 없다

엇갈린 각

당신을 탑처럼 쌓아 올리려던 날이었어요

돌멩이에 발등을 찍히고 시간이 뿜어낸 가스에 눈이 데어 앉은뱅이 각도에서 당신을 끌어안고 있었어요

기대와 두려움과 설렘과 안타까움이 많은 밤을 건어내고 있었죠

바위가 쏟아내는 기침 소리가 설계도면 위로 쏟아져 정신이 흔들리고 짓이겨졌지만 당신을 포기하기에는 내가 이미 많은 자갈을 토해낸 뒤였어요

무쇠보다 단단한 당신을 정으로 쪼으며 손끝에는 검붉은 피멍이 돋아났어요 하지만 쌓으면 쌓을수록 무너지는 당신

모난 돌이 비죽거리면서도 서로가 서로를 얹어주는 그 곁에서 바람 발밑에 징을 박으며 모래 위의 주춧돌은 뿌리를 내리려 발버둥을 쳤지요

닳아 뭉그러진 당신과 나의 어깨는 결코 타협할 수 없는, 하지 못하는 각으로 자꾸 엇갈려지고

스컹크의 야유와 영패를 뛰어넘지 못하고 얇고 가느다란 내 운명은 어쩔 수 없이 봄날 앞에 무릎을 꿇고 말았지요

앙뒤 속에서 당신은 구름처럼 흘러가고

레몬 카

　시선을 한 번에 끌어당기려면 온몸이 거신광擧身光처럼 번쩍거려야 해
　보닛에 팩을 하고 영양크림을 듬뿍 먹여야겠어
　오십견이 온 왼쪽 백밀러에는 은나노 가루를 흩뿌려야겠는 걸
　백내장 수술한 라이트는 잠자리테 안경을 씌워야 할까봐
　하지만 어쩔 수 없는 것은
　퇴행성 관절염으로 절뚝이는 바퀴
　골다공증 약으로 버텨내는 구멍 숭숭한 새시

　세상을 함부로 굴러다니다가 이젠 빛도 향기도 바닥 드러낸 상품번호 7216
　헐거워진 핸들 사이로 밭은기침이 새어 나온다
　마후라가 검은 상처의 블루스를 부른다
　쉰 소리 내는 엔진 무릎 밑에 바떼루 먹은 밧데리의 협심증 등이 깜박인다 그 아래

　변신의 허물을 열두 겹 벗어낸 7216 속으로 지독한 근시안의 한 사내가 빛을 타듯 미끄러든다

제2부

108가지의 뷔페식 사랑

치과

아무 생각 없이 벌집을 건드렸다
벌들이 떼를 지어 달려든다
얼음물로 달래보려 했지만
때는 이미 늦었다 그들은
나를 끌고 가서 고문의자에 묶는다
이마에 광선총을 매단 고문관이
내게로 다가온다 포르말린 냄새가
짙게 배인 마스크를 쓴 그는
내 입을 살아 있는 조개 입 벌리듯
있는 힘껏 벌리며 자백하라고 다그친다
벌 총을 맞고 그라인더 고문을 당했다
24층 건물이 통째로 흔들린다
내 온몸의 중심이 입에 쏠려 있다
그런 일이 있은 후 나는
반성문을 쉰 장 넘게 썼다

아부

나는 은사시 잎에서 바들거리기도 하고 붉은 장미 속에
서 혀를 내밀기도 한다 풀잎 끝에 서서 깔깔거리기도 하
고 바람 내세우고 수숫잎에서 사각거리기도 한다

나는 치자 빛이 필요할 땐 치자에게
손을 내민다 쪽빛이 필요할 땐 쪽에게
때를 맞춰가며 길거나 붉거나
극점에서 정점으로 꼬리를 흔들고 다닌다

물의 가면을 뒤집어쓴 나를 보고 사람들은
눈 속에 실뱀들이 득시글거린다고 수군댄다
입에서 나온 말이 쉬파리 떼가 되어 날아간다고 소리
친다
닳아서 반들거리는 손바닥 안에 검은 달빛이 고여 있다
고 소스라친다

하지만 어떤 이는 내겐 강철보다 더 센 힘이, 용광로보
다 더 강한 집념이, 그릇에 따라 변화무쌍한 용병술이 있
다고 추켜세우기도 한다

그러나 내가 색색깔의 요란과 찬란한 구린내와 열두 개의 꼬리가 있다는 걸 아는 바위는 그 곁에 다가가기만 해도 입을 눈을 가슴을 아예 잠가버린다

허물

고향집 담벼락에
방울뱀 허물이 붙어 있다
돌과 돌이 깍지를 끼고
방울뱀의 몸뚱이를 붙들고 있다
깍지 낀 저 손아귀의 힘이
방울뱀이 떨어지지 않고
지나가게 했을 것이다
구멍 사이로 빠져나가게 했을 것이다
붙들고 있는 힘과 빠져나가는 힘이
부대끼고 엉겨서
담이 견디었고 더 단단하게 뭉쳐서
담 속에서 놀고 있는
방울뱀이 보였고
반들거렸고
방울 소리가 들렸고
방물장수가 지나갔고
덮고 덮은 허물 밑으로
오남매가 빠져나갔다
방울방울 떨어지다 소진 되어버린 담이
이젠 쇠잔해진 손힘으로 저렇게

흐물거리는 허물만 붙들고 있는 것이다

울음

비 맞은 가죽 재킷이 운다
비 온 뒷날 뒤로 돌아앉아 운다
온몸을 비틀며 운다

입이 없는 울음
소리는 주름 속에서 조용한 천둥으로 운다

언젠가 내가 본 한 여자의 눈물이 그러했었다
찢어진 우산으로 장대비를 가리다
빗물 스민 틈새로 퍼렇게 곰팡이꽃을 피우던 여자
맞다를 맞다로 맞아들이고
비가 피인지도 모르던 여자
그럼에도 시퍼런 꽃잎 사이로 청맹과니처럼 웃던 그
여자

비를 맞을 땐 말이 없던 재킷이
비 온 뒷날 그 여자의 어깨처럼 쭈그리고 운다
소리 없이 울녘을 흔드는 파장으로 하여
살가죽 맞댄 솔기들도 뒤틀리며 운다

재킷은 일렁이는 주름 너울로 파랑주의보를 내렸다

독존

막내까지 분가를 했다
남은 방이 마저 오그라 붙었다
저녁이면 습관처럼
현관문 아래로 도마뱀 꼬리가 떨어진다
잘못 걸려온 전화벨이
무한 데시벨의 무게로 추락한다

귀먹은 적막이
거실을 메우기 시작하면
창을 뚫고 어둠이
굵은 장딴지를 들이민다
남겨진 숟가락과 베개들로
배수진을 쳐보지만
스스로 물러나기까지는
어쩔 도리가 없다

벽이 내게서 받아먹은 것보다
더 많은 토악질을 한다
(우린 기억만으로도 부디 자유로워지기를)
벽 등을 두드리는 내 주먹이

뼈보다 단단하다

어둠이 새벽을 찾아가는 동안
분신처럼 형광등이
눈을 부릅뜨고 내 방을 사수하고 있다

풍기의 문란

풍기 장에 갔었네 스토커처럼 바람이 따라왔네 나뭇잎 쏠리는 방향으로 벌거벗은 한 남자가 있었네

그 남자 보디빌더처럼 사람들의 눈길을 단번에 사로잡았네 승모근 삼각근 이두박근, 배에 王자가 선명했네

그 남자 어깨 너머로 집 남자 어른거렸네 실뱀으로 밤을 엮는 남자, 좁쌀알로 시간을 죽 쑤는 남자, 틈만 나면 말라비틀어진 보릿대로 피리를 부는 남자

그 남자 앞에서 집 남자 모래알보다 작아졌네

풍기에서 풍기는 그 남자의 매력이 내게로 왈칵 쏟아졌네 눈빛과 눈빛이 뒤섞이고 브래지어 안으로 마구 심장이 끓어올랐네

내가 문란에서 겨우 빠져나왔을 때 나뭇잎은 여전히 바람 따라 쏠려 다니고 있었네

결코 놓칠 수 없는 그 남자, 내겐 음화 같은 그 남자, 결국 집 남자 속에 집어넣기로 했네

생식기에서 오로라가 퍼져 나오던 6년 근 그 남자, KS 마크의 완벽한 사내였네

퇴근 후

　정수리에 관처럼 올렸던 가발은 떼어 내리고 얼굴에 덧씌웠던 화장발은 걷어올리고 늙은 호박 그림 펑퍼짐한 통치마와 게슴츠레한 눈이 쭈그러져 있는 개 그림의 셔츠를 걸쳐 입고 여자는 거실 바닥에 퍼질러 앉는다 온종일 강단에서 굴러다니던 눈알은 쯘쯘해서 빼버리고 양푼 안에 식은 밥 한 덩이와 고추장 듬뿍 넣고 비빈다 으깨며 휘돌리며 뒤엎으며 비빈다 숟가락 위에 붉은 밥꽃이 탐스럽게 피어오르고 볼이 메어지게 우물거리는 입이, 주위로 벌겋게 퍼져 있는 고추장과 함께 말미잘처럼 꾸물거린다 여자를 에워싸고 공간은 풍선처럼 가벼워진다 그 자리에 텃밭처럼 누운 여자의 치마 안으로 호박넝쿨은 제멋대로 무성해지고 그 곁에 네발 뻗고 누운 개의 콧바람이 셔츠 안에서 벌름거린다 보일 듯 말 듯 여자의 등 뒤에서 점멸등처럼 깜박이는 긴장 한줄기를 무시한 채 어둠은 천천히 제 품속으로 여자를 끌어당기고 있다

바퀴의 노래

그때, 나는 볼을 부비며 발밑으론
붉은 압정을 쏟아냈었다
내 손으로 찌른 내 눈이 멀고
휘파람을 불기 전 가로수의 살구 빛
실루엣에 내가 빠져들었을 때
가드레인 분홍빛 블랙박스엔
깡마른 잎새들의 아우성만 찍혀 있었다
굴러온 돌의 그림자는 없었다 그러나
허공에는 숨길 수 없는 길의
찢겨진 깃발이 색깔별로 펄럭였다

이제, 나는 말랑거리는 두 손으로 딱정이 앉은 길 위에
서 언제까지 자신 있게 덤블링을 할 수 있다

나이

내가 알몸으로 물구나무를 선 채 허공이 휘청거리도록 소리를 지르고 난 이후

예순 개에 이르는 내 마디 속에는 깨알보다 많은 노래가 담겨 있어요

아기 코끼리의 걸음마에서부터 무릎에 붙은 꽃잎이 놀람 교향곡으로 붉게 터질 때 샌프란시스코에서 머리에 꽃을 꽂았죠 까맣게 잊었다가 다시 리메이크되는 어느 소녀의 사랑 이야기는 세느강을 따라 샹송이 되어 흘렀죠

사는 게 무엇인지, 내 삶을 눈물로 채워도, 그대 없이는 못살아

갑자기 마디 속에서 달빛보다 차가운 피리 소리가 들려요 레퀴엠의 언덕에 다다를 때까지 노래는 눈물이 될지 몰라요 그러나 어느 순간 카프리치오처럼 경쾌하게 왈츠를 출지 모르죠 그런 순간들을 기다리며 살 수밖에요

사랑

나는
쓴 약으로
끓는 청국장으로
기분 나쁜 마수걸이로
동전의 뒷면처럼
당신에게 붙어 있다
붙어서
어느 곳이든 머리를 내민다

나는 다이어트 중의 성찬에서
풍경에 취한 두엄 냄새에서
아흔아홉 고개 너머
하나뿐인 화장실에서
화장지도 없는
지푸라기의 뻣뻣한 자존심에서

머리카락에 붙은 비듬과 함께
오솔길의 풀뿌리와 함께
박자 놓친 음정과 함께
그럼에도 끝까지 해야 하는 노래와 함께

웃음 끝에 달린 눈물로
뒤통수에 붙은 눈으로
깡통 차올린 발가락으로

나는 필요악
당신과 함께
어느 곳이든 머리를 내민다
언제까지 당신을 결코 떨어져서
존재할 수 없는

창

네온사인 범람하는 도시 바다에
물고기들이 춤을 추어요
곁눈 치켜뜬 대게들도 긴 다리로
성큼 성큼 뛰어다녀요
모든 이들이 바쁘게
삶의 비늘들을 번쩍거려요
오늘은 그대 쪽으로 나 있는 창이
닫히지 않아요 아마
오랫동안 닫힐 것 같지 않네요
억지로 끄집어냈던 날개가
지금은 너무 아파요
필라멘트 끊어진 전구가
붉은 눈물을 흘려요
방 한 구석에 먹다 버린 빵에서
밀꽃이 피어나요
내 그림자가 꽃향기에 젖어요
나는 그 향기를 위해
시간을 먹을 거예요
이제 그대와 나의 바다에는
뱃길이 닫혔어요

회상의 먼 바다로 배는
이미 떠나버렸어요
검은 커튼을 드리웠나요
그대 창은 오랫동안
불빛이 없네요

108가지의 뷔페식 사랑

그녀 몸에는 백여덟 개의 주머니가 있다 그 주머니가 언제부터 생겼는지는 그녀도 모른다

같은 크기의 주머니들 속에는 모양과 색깔이 다른 번뇌들이 담겨져 있다 그들은 주머니에서 하나씩 나오기도 하고 떼를 지어 한꺼번에 나오기도 한다

그들이 몰려나오는 날은 그녀가 꼬박 밤을 지새우게 된다 그들이 귓바퀴에 모여 고함을 지르기도 하고 담쟁이 줄기로 눈을 벌려놓고 머릿속을 얽힌 실타래처럼 마구 흩어놓기 때문이다

그들 중에서도 탐욕이 수시로 주머니를 들락거리며 그녀를 괴롭힌다 탐욕이 눈에 불을 켜고 그녀 등을 떠밀면 그녀는 남의 것을 기웃거린다 시기하고 급기야 남의 마음에 생채기를 낸다

어떤 날은 진에가 튀어나와 그녀를 다그친다 한번 튀어나온 진에는 천지분간을 할 줄 모른다 심장 속에 불을 지르고 얼굴을 붉으락푸르락 끓어 올리고 입으로 불화살을 내뿜게 한다 진에가 다리로 내려가면 그녀는 다리가 후들거려 서 있지도 못한다

어떤 날은 슬그머니 빠져나온 우치 때문에 그녀는 옳고 그른 것을 판단하지 못한다 우치가 그녀 몸을 휘감고 있으

면 붙잡아야 할 것은 버리고 버려야 할 것들은 움켜쥔다

불신, 경망, 교만, 게으름 등 백여덟 개의 주머니들을 일일이 다 나열할 수가 없다 머리가 지끈거려 외울 수도 없다 그녀는 그들을 떨쳐버리려고 몸부림을 치지만 거머리처럼 몸에 붙어서 떨어지지도 않는다

그래서 그녀는 그들을 즐기기로 마음을 바꿨다 딱딱한 탐욕도 가시 돋친 진에도 질기디질긴 우치도 입에 넣고 씹는다 언제 어느 때고 튀어나오는 백여덟 개의 번뇌들을 접시에 담아 꼭꼭 씹어 삼킨다 즐기면서 맛있게 먹는다 사람들은 그녀를 백여덟 개의 번뇌를 뷔페식으로 즐기는 여자라고 한다

매일 처음 보는 여자

여든의 노부부가 금실 좋은 이유가 있었네
남편은 환상 속에서 늘 다른 여자와 만났네
어제의 여자와 어제의 어제 여자는 매일 매일 달랐네
오늘의 여자는 내일의 여자가 아닐 것이네
내일의 여자는 내일의 내일 여자와 또 다를 것이네
버린 뒤의 새 여자는
매일 아침 구절초 잎처럼 청초했네
눈곱은 풀잎 끝에 달린 영롱한 이슬방울이었고
까치집 펴머 머리는 CF 모델 긴 머리로 윤이 났네
바가지 소리는 금시작이 부르는 노래였고
탭댄스로 튀어 오르는 건 슬리퍼 끄는 소리였네
무릎 나온 추리닝 바지가
검은 판타롱으로 하늘거리며
남편 안의 여자는
일만 이천구백 일을 날마다 새롭게 태어났네
아내 밖의 여자를 음화처럼 싸안으며 남편은
여자 안의 아내를 매일 감금했네
남편에겐 아내가 매일 매일 처음 보는 여자였네

불멸

사내가 내 눈 속에서
바늘 하나를 꺼냈다
독침처럼 붉다고
무섭다고
다시 내 눈을 벌리고 들여다보더니
섬찟 물러서며
내 온몸이 바늘로 뒤덮여 있다고
녹여야겠다고,
깡그리 없애야겠다고
끓인 쇳물을 내 속에 들이부었다
머리끝에서 발끝까지 붓고 부으며
온몸이 욱신거리도록 나를 녹였다
용광로에 내가 송두리째 잠겼다
그런데
녹지 않은 바늘이 나를 찌른다
전보다 몇 천 배 나를 아프게 한다
용광로에도 녹지 않는 바늘이
나를 움켜쥐고 있다

제3부

가벼워진다는 것

기억

아파트 거실에서 치매를 앓는
아흔의 어머니가 콩을 고릅니다
녹두, 팥은 다 버리고
용케도 어머니는 콩을 알아보고
콩은 어머니를 알아보고
콩밭에 앉은 콩새 노래가 들리는지
연신 콧노래 흥얼거리며 콩을 줍습니다
'콩밭 열무김치가 맛나게 익었는데
콩 팔러 간 네 아버지는 언제쯤 오려나'
어머니가 콩을 기억하는 이유는
콩이 푸른빛이었을 때
그 안에 사랑을 저장했기 때문입니다
치매를 모르던 시절
뿜어내던 사랑의 향기가
노오란 콩으로 뭉쳐 있기 때문입니다

가벼워진다는 것

양초는
제 몸속에
심지를 넣고
그 심지를 태우며
녹아내린다

녹아내린다
부모도
몸속에 자식을 넣고
사랑을 태우며
녹아내린다
자식은
그 자식에게
서로의 뺨을 부비며
굴레 속의
명예를
집착을
욕계를
태우며
날마다

날마다 조금씩
녹아내린다

저 새털처럼
떠 있는
구름이
녹은 몸의 씨앗이다

쌍춘년雙春年

　이백여 年 동안 우주와 염문을 뿌리고 다니더니 年은
기어코 봄 쌍둥이를 낳았다 이백 年 만의 빅뉴스라고 달
동네 여자들 열두 입도 모자라 閏 칠월 입까지 불러와 계
수나무 밑에서 입방아를 찧어댄다 열흘 붉었던 낙화와 기
운 달의 술자리에 끼어 술이 술을 먹은 줄도 모르고 딱 한
번 다리 밑에서 다리 벌리고 잔 죄밖에 없다고, 소문은 소
문일 뿐이라고 애써 변명하는 年의 입이 열릴 때마다 붉
은 다발의 부케가 쏟아져 나온다 하지만 손에 손에 부케
를 받아 든 연인들 쌍수 들고 봄 쌍둥이를 맞는다 쌍지팡
이 꽂아놓고 사람들은 움파 멧갓 숭검초 절식節食을 겨자
에 무쳐 두 배로 들이밀고, 동풍은 두 번 불어 얼었던 땅
이 두 번 녹고, 얼음 밑의 물고기 탱고를 추다가 멋모르고
다시 탱고를 춘다 남의 흉은 사흘이라고 했던가 이천육
年과 이천칠 年을 두고 찧어대던 달동네 여자들의 입방아
소리 천천히 이백 年 후 입속으로 사라져간다

해빙기

　바람이 부드러워지고 햇살이 도탑게 다가와서 얼음과 얼음에 얽힌 모든 오해들이 엷어지고 있었다
　진우가 태어나고
　내 눈은 배냇짓에 끌려들어 속싸개 안에서 봄빛처럼 노곤거렸다
　피의 전류는 강했다
　이음새도 없이 전류는 눈에서 눈으로 흘러갔다
　손등의 힘줄이 돋아나고 있었다

　내장까지 얼어붙던 그해 겨울바람, 그러나 나는 피해 갈 수 없는 그 바람을 온몸으로 맞으며 막다른 골목에 갇혀 기약도 없이 얼음 위에다 얼음을 쌓아갔다
　명경처럼 갈아진 내 얼음 거울 안에는 늘 찌푸린 하늘이 얼비쳤다

　팔을 벌려 바람을 막아주던 입김으로 철이 없는 꽃을 피우게 하던 늘 웃음 마술에 빠져들게 하던

　그가 없다는 것을 그 큰 토네이도가 거리를 휩쓸고 나서야 알았다

바람에 휩싸인 햇살은 내게서 등을 돌렸고 눈 안에도 눈 밖에도 나는 물의 기름처럼 떠돌았다

나는 나뭇가지를 붙들고 언제까지 눈을 뜨지 않았다

눈을 뜨지 않아도 바람의 위세를 알 수 있었으므로, 느낄 수 있었으므로

나무를 마주보고 서서 바람과 바람에 휩쓸려 다니던 온갖 것들을 바라보았다 흙먼지 속에 뒤섞여 있는 명함 명함들, 지푸라기 덤불에 걸려 있는 검은 비닐봉지 하나가 나를 향해 흐느적거렸다

나무와 나무 사이로 꿈결처럼 입김처럼 바람 한줄기 스쳤는가 산유화 향기가 내 눈앞에 흩날렸다 마술처럼 그가 팔 벌리고 웃고 있는 그 곁에서 아무 일도 없었다는 듯 나무가 초록 목울대를 가지마다 굴리고 있었다

지독한 얼음도 지독한 오해도 언젠가는 풀어지는 거라고

나는 속절없는 웃음을 날렸다 풀어지며 녹으며 섞여든 냉수 한 컵을 벌컥벌컥 마시며 얼음은 왜 얼음으로만 얽혀드는지 오해는 왜 오해로만 불러들이는지

얼음은 녹고 오해는 풀리고 토네이도는 더 이상 없었
지만

　나는 풀어지며 녹으며 섞여 든 물에 손을 담그며 바람
과 햇살과 전류 속에 휩쓸려 가고 있었다

　손등의 힘줄이 도드라져 있었다

추나요법

요추 4번과 5번 사이가
너무 가까워져 탈이 났다
집착이 지나쳐 협착증이 됐다
바라볼 수 있는 거리에 있을 때는
서로에게 힘이었다
서로를 그리워했다

사이가 없는
골목에는
이끼들의 이간질이
얼룩처럼 번져 간다
너는 없고
나만 독버섯처럼 도사리고 있다

사이와 사이 사이에는
바람이 춤을 준다
중오도 오해도
그 사이에 들면 수양버들처럼 흐느적거린다
일정한 거리 그 사이에는
바람 비늘이 초록빛으로 번득인다

너무 가까워진 4번과 5번 사이를 위해

상처받은 신경들의 재활을 위해

추나 추나 추나

쉘 위 댄스

지르박을 살사를 추나요

가깝지도 않고 멀지도 않게 사이와 사이를 위하여

겨울 하늘

그해
마당에 나가보면
하늘이 군데군데 뚫려 있었다
하늘을 베어 문 눈송이들이
밤새 헐떡이며 능선을 넘어와
내 머리 위에서
희희덕거리며 맴을 돌았다
하늘이 하얀 피를
쏟아내고 있었다
그 마당이 있는 집에서
딸이 똑같이
그해 겨울의 눈송이가
했던 짓을 따라했다
딸이 내 살집을 뭉턱 베어 물고
능선을 넘어갈 때
나도 겨울 하늘처럼
멍하게 뚫렸다
내가 지은 발자국의
무늬를 지우며 딸이
희희덕거리며 떠날 때

나도 겨울 하늘처럼
하얀 피를 쏟았다

비석의 말

산길 따라 한참을 걸어가면 한 평 남짓 지은 집 앞에 그 집 높이만큼 쑥돌로 만든 비석 하나 있다 비석 안에 있는 글자를 하나하나 만지다보면 따뜻해지면서 이내 마음이 동한다 글자는 입을 오물거리며 내 손끝으로 말을 하기 시작한다 '왜 저번 한식 때는 안 왔어? 왜 그렇게 야위었어' 가늘게 떨려 나오는 그 소리는 전류처럼 내 몸을 감고 흐르다가 어느 순간 불같이 뜨거워진다 붉어진 내 눈과 비석 사이로 연우 같은 시간이 흐르고 나면 글자는 어느새 비석 안에서 얼음보다 냉정하게 입을 닫고 있다 배롱나무 목이 한 치나 빠져 있는 것을 보면 마음은 거기에 걸어두고 간 것인지

화엄

바늘귀 속으로
낙타가 들어가고 있다
귀 앞에
잘게 찢은 살점과
다진 뼛가루
부려놓고
껍질 비틀어 꼰 채
귀 속으로 들어가고 있다
너무 날씬해서
바늘귀가 헐렁이는
낙타
낙타는 온몸이
솔향기 나는 비누다

송편

너는 나를
물속에 쏟아 넣고 퉁퉁 붓게 하고는
씨알 하나 없이 가루로 만들어서
뜨거운 물 끼얹어 기절 시키고는
네 온몸 실린 무게로 짓뭉개다가
유도 기합으로 패대기치고
코너로 몰아넣고 훅을 먹이다가
내가 진땀으로 눅눅해지면
가루 슬슬 뿌려 달래보다가
반질반질하게 쓰다듬다가는
거리낌 없이 내 살점 뚝 떼어서
내 속에 너의 깨나 밤이나 콩 같은 혀를
늑대 같은 웃음과 함께 넣고는
솔잎 깔린 숲에서 깔깔거리는 안개로
나를 푹 익혀서
객지에서 모여든 식구들과
한가위 달빛 아래서 도란거리며
너는 나를 맛있게도 먹는다

반대

나는 투표할 때 떨어지기를 기대하는 사람에게 도장을 찍는다 내가 간절히 바라는 일은 신이 언제나 질투하기 때문이다 그래서 나는 울어야 할 일에는 웃고 웃어야 할 일에는 운다 햇볕이 내리쬐는 날은 우산을 쓰고 비 오는 날은 양산을 쓴다 속옷은 겉옷으로 입고 겉옷은 속옷으로 입는다 금고는 활짝 열어놓고 쓰레기통은 자물쇠로 잠근다 나는 보고 싶은 것은 눈을 감고 보기 싫은 것은 똑바로 쳐다본다 그래서 나는 미워하는 사람을 사랑한다 정말 사랑하는 사람은 미워한다

반침의 희언

꽃이 꽂이로
한 구석에 꽂혀 있다
화려했던 꽃이
별 볼일 없는 꽂이로
밀리고 밀려서
뒷방 노장으로
뒷방 소장으로
소장할 가치도 없는
늙은이로

받침의 희언 2

숲이 숯으로
한순간에
초록 숲이
검은 숯으로
까만 내장으로
연기 없이 타는 내장
연기처럼 사라진 너
네가 남긴 불씨가
나를 송두리째 태웠다

기다림에 대하여

　그네에 앉아서 트럭이 올 때까지 아이스티를 마셔야
한다
　금빛 사과가 떨어질 때까지

　흰 나방이 날갯짓할 때
　다리 위에서 은어를 낚는다

　다리 위로 생각 없이 걸어가는 다리가 될 때
　강물은 악기를 연주하지 않는다

　나흘간의 사랑을 끌고
　당신들은 깊은 페이지 속을 들어서야 한다

　해의 금빛 사과와
　달의 은빛 사과를
　잔상이 없어질 때까지 따야 한다

　비어서 가득한 기다림은
　이루어질 것 같은 사랑 안에서 행복하다
　(사랑이 책임을 능가하지 못하면 굶주려야 한다)

오지 않는 것을 온다고 믿는 기다림은
어제를 기억하지 않는다

그러나 나는 발을 빼지 않는다

사분음표가 된 숟가락

우리 집 앨범을 펼치면
마흔세 번째 페이지에
첼로 소리가 잠들어 있어
우리들은 오중주의 실내악단이었지
첼로를 켜던 그는
우리들의 리드였고
든든한 버팀목이었고
끝이 보이지 않는 초원이었어
우리들의 화음을 사람들은
늘 부러워했었어 그러나
우리들의 화음이 절정이었을 때
예고도 없이
준비도 없이
첼로의 현이 끊어지고 말았지
마흔셋의 레퀴엠
악보는 물에 잠기고
화음들은 길 위의 가랑잎처럼 뒹굴었어
그날 이후 비올라도 바이올린도
더 이상 소리 내지 않았지
앨범 속 마흔세 번째 페이지에는

첼로 소리가 잠들어 있어
그리고 그 곁에는
그의 활이 사분음표가 되어
나란히 잠들어 있어

코가 없는 얼굴

빵도 아니다
사마귀도 아니다
배꼽참외도 아니다
볼록한 것은
광대뼈뿐이다
지금 내가 가진 거라곤
볼우물뿐이다
우물 앞에서
우쭐거리던
우물거리던
지난날뿐이다
코가 없는 얼굴뿐이다
내 집은 서울역 지하
쳐다보는 눈의 잡초
김이다
내친김에
신문지 김밥말이가 된다
김 나는 밥
먹어본 지 언제였나
언제였나

곁에는 메아리도 없다
숲도 없다
숯도 없다
숯불구이 갈비는 더구나 없다
갈비뼈 열두 쌍만 도드라져 있다
귀 날아간 이불만 있다
종이 박스만 있다
깎지 않은 손톱만 있다
허기뿐이다
코가 없는 얼굴
깨고 뛰쳐나가고 싶은
암흑뿐이다

그믐달이 뜬 이유

기기도 전에 서서 설치는 망둥어, 바다가 키운 뻘밭을 종횡무진 설치고 다닌다 달이 기울지도 않고 만든 한사리 개펄, 강물을 끌어 모은 달이 떴는데 파도를 재운 달이 떴는데 섬을 싸안고 달이 떴는데 어, 어라 망둥어가 설치고 다닌다 밀물과 썰물의 교대가 눈금보다 또렷한데 밀물과 썰물의 약속이 명경보다 맑은데 굴러온 돌이 박힌 돌을 쳐내듯 설친다 설친다 조강지처 쫓아낸 애첩처럼 설친다 덴 자국처럼 번들거리는 설친 흔적 속에 튀어나온 두 눈을 두리번거리며 서른 개의 꼬리를 감춘 망둥어 어, 어라 이제는 개펄을 통째로 삼킨다 개개비 둥지 안에 알 낳고 시치미 떼는 뻐꾸기처럼 삼킨다 삼킨다 씹지도 않고 삼킨다 삼킬 수도 없는 것을 삼킨다 삼켜서는 안 되는 것을 막무가내로 삼킨다 멀리 허공을 사이에 두고 이순의 바다가 띄운 검은 달이 그 빛을 개펄에 쏟아내고 있다

제4부

아포칼립스

다섯 음

구심점의 궁
가을 상
봄 각
여름 치
겨울 우
다섯 소리의 절묘함이여
제각각의 음색으로 도드라지다
같은 소리로 한순간 섞여드는
한 음으로 잔잔히 굽이치다
다시 색색깔로 솟구쳐 오르는

궁, 깊은 물에 박혀 있는 기둥, 굴속에서 우는 소 울음
상, 붉어져서 두려운, 이동해서 잉태되는 씨앗, 함부로
창에 부딪치는 낙엽
각, 사슴뿔, 미나리 밭의 바람
치, 핏줄 속에 묻힌 금맥, 동력선 지나는 태풍의 눈
우, 레귤러 사이즈의 피자파이, 산골마을 다듬이 소리

제 색깔 뚜렷한, 그러나 한 색으로 어우러질 수밖에 없
는 그들은 가족

아포칼립스

하늘은 이미
찢어질 대로 찢어져 있었다

겨울이 가고
바로 가을이 왔다
상록수 잎이 노랗게 물들고
감이 하얗게 익고
뻐꾸기가 논에서 짖었다
허수아비가 꽹과리에 맞춰
춤을 추었고
뚜렷한 사계절을 노래한 가수는
이민을 갔다
평정을 잃은 사람들은
목소리 큰 쪽으로
몰려다니며
여름에게 외투를 입히고
겨울에게 반팔 티셔츠를 입혔다
얼음 사타구니에 난 땀띠에
분가루를 바르며
그들은 앞 다투어

하루살이 이름으로
백년치 생명보험을 들었다
봄의 무덤 앞에
회색 국화가
깃발처럼 휘날리고 있었다

젖은 낙엽

내가 골목에서 처음 그 남자를 만났을 때
나뭇잎은 한창 물이 올라 있었다
남자의 이마는 반질거렸고
잎들은 손바닥에 햇살을 놓고 반짝이며 놀았다
골목은 언제까지 아무런 표정이 없었다
막다른 골목에서 남자가 서성이고 있을 때
쇠잔한 잎은 제 꼭지에서 이미 이별을 예감했다
남자가 어제 속에 오늘을 답습하고 있을 때
말라붙은 잎은 거리를 나뒹굴었다
무심히 지나가는 이들은
불안과 두려움이 거미줄처럼 얽혀 있는 잎을
구둣발로 짓밟고도 아무런 죄의식도 흘리지 않았다
남자의 의지가 찢어진 깃발처럼 흔들리고 있을 때
잎은 바람이 내모는 대로 이끌려 다녔다
코너에 움츠렸다가 빛이 꺾여 지는 모서리에서는
화투짝 뒤집히듯 뒤집혀지기도 했다
깡마른 잎이 나무의 기억 속을 걷고 있을 때
남자는 아내의 기억 속에 가까스로 매달려 있었다
내가 우산을 쓰고 골목을 나서는 날
남자는 이삿짐 센터 트럭에 오소리처럼 앉아 있었다

알 수 없는 공포 같은 것이 그를 휘감고 있었다

저만치 걸어오는 남자의 아내 구두 위에

젖은 낙엽 하나가 남자처럼 바짝 밀착되어 따라왔다

나무가 남자와 낙엽을 새의 관점으로 내려다보는 그
아래

골목은 여전히 오는 비를 맞으며

가는 비를 무표정하게 흘려보냈다

막다른 골목집

막다른 골목에 있는 집이
길을 삼킵니다
골목 따라 오던 발걸음도
치마 속에 숨어오던 바람도
모두 집 속으로 빨려듭니다
가끔씩 중국집 철가방이
빈 깡통 소리로 짖어댑니다
하지만 골목 입구 어디에도 집이
길을 삼킨다는 안내판이 없습니다
'고장 난 시계나 은 팔아요'
목소리가 꼬리를 돌려
재빨리 오던 길을 되돌아갑니다
막다른 골목집은
모든 것이 잠들어 있을 때
아귀적거리며
길을 삼킵니다
그리고 아침이면
아무 일도 없었다는 듯이
새 길을 폅니다
만약 당신이 지금

막다른 골목에 다다랐다고 하면
숨은 보물을 빨리 찾아야 합니다
돌아 나가는 계책을 알 수 있는

서 있는 동전

허공을 찢고 온 벨 소리에
온 집안이 흔들렸다
기쁨 쪽의 동전이 한순간
반대쪽으로 뒤집혔다
'현실'이라는 어휘가
내 손에 수갑을 채웠다
어쩔 수 없이 '현실'에게 끌려다녔다
나를 좀 구해달라고 소리를 쳐봤지만
사람들은 알아듣지 못했다, 않았다
소주 바다에 무작정 뛰어들었다
망각의 섬에서 빠져나오기까지
꼬박 스무 해가 걸렸다
슬픔 쪽 동전 모서리가 반들거렸다

아파트 단지에서
구급차가 가쁜 숨 몰아쉰다
숨소리가 내 심장을 뚫고 들어와
한순간에 온몸을 얼어붙인다
'기억'의 냉동고에 내가 갇힌다
'기억'이라는 어휘가

눈을 몇 번 깜박거리다
해빙기의 강처럼 풀어놓는다

앞면과 뒷면만 있는 동전의 삶
케세라 세라에 동전을 빠뜨려본다
이제 동전은 어느 쪽으로도 넘어지지 않는다

엮음질

이루지 못해서 아름다운 것은
첫사랑이지
사는 것이 시시할 때나
이유 없이 사람이 미워질 때
거울 앞에서 음화처럼
살며시 꺼내보는 사랑
나도 모르는 내가 그 속에 숨어 있어
얼굴 가득 피어오르는 저 행복 좀 봐
방바닥이 쿠션처럼 푹신거리고
창 옆에 놓인 컵 속에서 무지개가 떠올라
나만이 누릴 수 있는 비밀이 있다는 건
꽤 멋있는 일이지
하마처럼 누워 있는
저 남자의 쳐진 배 좀 봐
내 속에 있는 꽃미남과
동전의 앞뒷면처럼 붙어 있잖아
눈을 감으면 눈 속에
눈을 뜨면 눈앞에
이루지 못해서 아름다운
이루어서 더욱 아름다운

추억과 현실이 그렇게 내 곁에서
청실홍실처럼 엮여지고 있어

파란 이끼

젊음은 워낙 늘품으로 뭉친 거라서 기어가 없고 엔진이
없고 기름이 없고 기름통이 없고 안전벨트는 있을 수도
없고 늘품으로 뭉친 젊음은 손에 쥔 것이 없어서 뱃심이
있고 뚝심이 있고 장딴지가 있고 굵은 팔뚝이 있고

팔뚝이 리어카를 굴렸다 바닥을 치고 오르며 리어카를
굴렸다 벼랑 끝에 매달린 석양을 팔뚝이 끌어올렸다 새파
랗게 질려 있던 바람이 나뭇가지에 앉아 한숨을 내뱉었다
쪼그리고 있던 걱정이 촐싹대며 달려와 노을 속에 잠겼다
팔뚝 사이로 파란 이끼가 조금씩 조금씩 뿌리를 내 속으
로 뻗쳤다

귀를 씻었다

강가에 나가 귀를 씻었다 소라 껍질 같은
귀가 강둑 위에 떨어졌다 귓속에서
기어 나오는 긁히고 찢기고 퍼렇게 멍든
말들이 소나무에 앉아 있는 바람과
햇볕 사이로 걸어 들었다 가지는
꺾이지 않았다 바람 따라서
흔들리기만 했다 바람은
내 귀로 들어와서 다시
나가고 있었다

귓속에서 솔향기가 난다

미완성 게임의 거리

내가 그 여자를 본 곳은 해가 붉은 야생마처럼 거리를 뛰어다니는 청담동 로데오 거리였다 영원히 완성될 것 같지 않는 게임이 있는 그곳엔 밀라노 상제리제 옥스퍼드가의 응원가가 울려 퍼지고 나는 길을 잘못 들어선 것 같은, 미로 속에서 헤매고 있는 듯한 명한 상태에서, 생각이 정리되지 않는, 어쩌면 정리된 생각이 더 이상할 것 같은 거리에서, 다시 말하면 정리되지 않는 생각이 정상인 거리에서 혹성에서 막 나타난 것 같은 여자의 모습은 정상적인 사람으로 볼 수 없었다 그 거리의 게임주들은 게임에 빠져들 것 같은 이들에게만 눈길을 주었고 지나가는 사람들은 딴 나라 여행하는 여행객처럼 지나가고 있었다 게임에 물처럼 흡수되는 이들과 기름처럼 겉도는 이들이 있는 그곳에 여자는 새로운 게임만 찾아다니는 투전꾼처럼 나타났던 것인데 비행접시 같은 자동차를 길 한쪽에 대기시켜놓고 짧은 시간 안에 게임에 빠졌다가 나온 이답게 아주 노련한 솜씨로 차 속에 새로운 게임을 몰아넣고 있었다 여자는 유성 꼬리 같은 눈빛으로 사람들을 흘겨본 뒤 미완성의 그 거리에서 재빠르게 빠져나갔다 여자가 빠져있던 게임방 곳곳에서는 응원가의 볼륨이 한층 더 높아지고 여느 사람들은 영원히 그 게임에 빠져들지 못할 것 같

은 그 거리에는 여자가 흘리고 간 미완성 게임의 법칙이
곳곳에 흩어져 있었다

먼지

달력 속 그림을 눈에 넣고
단풍놀이를 접는다

막내가 둘러친 그물에
내 깁스한 다리가 걸려 있다
기둥마다 나를 매단다
아침 허리에 저녁이 걸려 있다
행동반경은 가시거리 안이다

산에 가서 장을 본다
장바구니 가득 하늘빛이 꿈틀댄다

막내는 지금 뜨거운 모래밭에서
자신과 비기는 씨름중이다
머리 한쪽에는
맑은 물속에 발을 담그고
세상에서 가장 감미로운 음악을 들을 것이다

막내가 히포크라테스 뒷줄에 있다
흰 가운이 펄럭인다

바위가 녹아 모래로 흘러내린다
내가 녹아 먼지로 떠다닌다

깊어 가는 것

복숭아 볼이 홍조를 띠면
여자는 또 묵은 열병을 앓는다
열아홉 번째 들깨 꽃
도란거리며 피는 둔덕에서
부칠 수 없는 편지를 쓰다가
낮은 구름 덮인 밤길을
호사하고 혼자 걷다가
막차 끊어진 정거장에서
누군가를 넋 잃고 기다리기도 한다
어느 날
19년 전 그대로의 모습으로
그가 꿈속으로 찾아왔다
복숭아 볼은 아기 엉덩이마냥 부풀고
성급한 햇살은
보리 이랑에 이불을 폈다
솜구름인가 떡갈나무 잎을 제치고
성큼 다가온 그는
뱀이 똬리를 틀듯
한 아름에 여자를 품었다,
맺힌 슬픔을 한꺼번에 쏟아낸 여자는

제 통곡에 놀라 잠을 깨고
느낌에서 덜 깬 심장을
멀리서 우는 부엉이 소리가 적신다
복숭아 향이 저 혼자 깊어 가고 있다

장대비

선 채로 쏟아 붓는
오랜 고민이 자폭하는
난장판
나는 빗줄기 잘라내며
걸어간다 비는 더 굵은 줄기로
땅을 내리 쪼으며
한 치 앞도 볼 수 없게
앞을 가린다 이 발가락이
문드러진 뒤
비 속에 드러날 길이 있다는 건가
비구름 제치면 하늘로
열리는 길이 있다는 건가
번개 손잡은 천둥이
나무 등을 세차게 후려친다
젖은 생각이
가뭄보다 더 마른
사연을 감춘 채
나와 비 사이로 걸어간다

아우라지

물동박 가락에 맞춰
아라리 고개를 넘어가는 아낙

 따라가면 어머니가 보인다 당신의 가락은 허리끈에 조
여 가늘다 고치실에서 풀려나오는 명주실처럼 가늘다 가
녀린 명주실이 고추보다 매운 시집살이 에돌고 한평생 한
량으로 산 지아비를 에돌고 아홉 남매 진자리 마른자리
건너가며 에돌고 끊일 듯 이어지며 구성진 가락으로 에돌
아 물동박이 없으면 무슨 재미로 사나 무슨 낙으로 사나
물동박 가락에 맞춰 아라리 고개를 넘어가는 아낙 따라가
면 아우라지 에둘러 나오는 어머니가 보인다

알리바이

　가로등도 없는 38번 국도에 차가 들어설 무렵 좌판대 위에 햇볕을 올려놓고 팔던 길은 어둠 쪽으로 돌아눕고 달빛이 버드나무 가지를 빗어 내리는 그 아래 밭이랑 사이 퇴비향이 여름밤과 뒤섞이고 있었다

　그 논밭들은 주인이 뿌린 씨앗들만 품고 키웠다 지나가는 차가 아무리 큰소리를 뿌려도 품고 키우지는 않았다

　한 달 전 그날은 여자의 일진이 좋은 날이었다 낮에 속살이 붉은 개구리참외를 언니와 실컷 먹었다 하지만 저녁 늦게 돌아오는 차 안에서 뒤 마려운 강아지처럼 안절부절 못하는 여자의 그날 일진이 좋지 않은 날일 수도 있었다

　오늘 여자는 멋진 남자와 종일 데이트를 했다 38번 국도를 지나갈 무렵 남자는 차에서 내리며 쉬었다 가자고 했다 남자가 앉은 곳은 한 달 전 여자가 볼일을 봤던 곳이 보이는 그곳, 하루 한껏 내숭을 떨던 여자를 남자가 달빛 현미경으로 뚫어지게 쳐다보는 것인데 여자의 귀 둘레로 개구리들이 파란 얼룩무늬 옷을 입고 엄마 엄마를 외치며 몰려드는 것이다 밭이랑 사이 퇴비향이 여름밤과 뒤섞이

고 있었다

평생 이고 가는 사랑

박찬일
(시 인)

박쥐는 두 눈을 멋으로 달고
너를 잃은 나는
두 눈을 장신구로 달고

박쥐도 나도 어둠 속에
빛이 없는 눈알만 굴리고 있다
― 강윤순, 「박쥐와 나」 부분

1. 들어가며

강윤순의 시편들 중에서 「중재」를 주목하지 않고 지나갈 수
가 없다. 「중재」는 여러 가지 점에서 주목에 값한다. 수작이다.

자물쇠가 채워진 입술은 차돌보다 단단했다 뉴에서 빠져나
온 빛들이 유리잔 속에 검은 철가루로 가라앉아 있었다 달려온
바람이 관성의 법칙으로 자물쇠를 흔들었지만 금방 철가루 사
이로 스며들었다 침묵은 칠흑보다 어두웠다 내가 라운드 테이
블을 들고 입술 사이로 끼어들자 말랑말랑한 열쇠 하나가 나와
눈을 맞췄다 옹벽으로 둘러싸인 무대 앞에 서서 나는 실오라기

하나 걸치지 않고 광대처럼 춤을 추었다 열쇠들이 서서히 달아
오르고 뜨거워진 열쇠들로 하여 자물쇠들이 말랑말랑해지기
시작했다 입술과 입술 사이의 어둠이 서서히 빠져나갔다 철가
루들이 바람을 타고 먼지가 되어 흩날리자 여기저기서 봇물처
럼 열쇠들의 아우성이 터져 나왔다 마침내 벽면으로 실뱀들이
기어 다니기 시작했다

―「중재」전문

한 마디로 '열쇠'와 '자물쇠'의 이야기이다. "뜨거워진 열쇠"
와 "말랑말랑해"진 자물쇠의 이야기이다. 말랑말랑해진 자물
쇠에 의해 "봇물처럼… 터"진 열쇠들의 이야기이다.

문제는 "라운드 테이블을 들고" 나타난 시적 화자 "나"이다.
"말랑말랑한 열쇠 하나가 나와 눈을 맞췄다"고 했으므로 '나'는
여성성을 표상하는 자물쇠라고 할 수 있다. 중요한 것은 그 다음
이다.

옹벽으로 둘러싸인 무대 앞에 서서 나는 실오라기 하나 걸치
지 않고 광대처럼 춤을 추었다 열쇠들이 서서히 달아오르고 뜨
거워진 열쇠들로 하여 자물쇠들이 말랑말랑해지기 시작했다

"무대 앞에 서서… 실오라기 하나 걸치지 않고… 춤을 추었
다"는 것은 나르시시즘을 표상한다. 혹은 억압된 욕망의 분출
을, 슈퍼에고에 의해 억압된 이드의 해방을, 표상한다. 앞으로
밝혀지겠지만 강윤순의 시세계를 관류하는 것은 규율 규범을 강
제하는 슈퍼에고와 이러한 규율 규범의 슈퍼에고로부터 벗어나
려는 노력의 변증이라고 할 수 있다. 물론 대부분의 승리는 슈퍼
에고의 차지이지만.

이 시에 물론 다르게 접근할 수 있다. "내가 라운드 테이블을 들고 입술 사이로 끼어들자 말랑말랑한 열쇠 하나가 나와 눈을 맞췄다"에 다시 주목하는 것이다. 여성성이 먼저이고 남성성이 나중이라고 한 것으로 보는 것이다. 자물쇠가 먼저이고 열쇠가 나중이라고 한 것으로 보는 것이다.

세상은 자물쇠의 세상이라고 한 것으로 보는 것이다. 자물쇠에 의해 세상은 "중재"되고, 세상은 성립된다고 한 것으로 보는 것이다. 혹은 자물쇠가 열려야 세상은 중재되고, 세상은 성립된다고 한 것으로 보는 것이다. 문제는 자물쇠를 열기가 쉽지 않다는 것이다. 자물쇠와 대체의 관계에 있는 "입술"을 "차돌보다 단단"하다고 하였다. 입술의 "침묵은 칠흑보다 어두웠다"고 하였다. "철가루" 또한 반反여성성에 대한 은유이다. 철가루는 여성성과 남성성의 결합을 어렵게 하는 역할을 맡고 있다.

자물쇠가 채워진 입술은 차돌보다 단단했다 눈에서 빠져나온 빛들이 유리잔 속에 검은 철가루로 가라앉아 있었다 달려온 바람이 관성의 법칙으로 자물쇠를 흔들었지만 금방 철가루 사이로 스며들었다

철가루가 사라져야 여성성과 남성성, 자물쇠와 열쇠는 서로 결합할 수 있다. 자물쇠에 의해 세상은 중재된다고 하였다는 점에서 이 시를 괴테식으로 여성성의 중요성을 일반적으로 강조한 것으로 볼 수 있다. 괴테의 『파우스트』는 "영원한 여성이/우리들을 저 높은 곳으로 끌어올린다"라는 합창으로 끝을 맺는다.

2. 자화상: 억압

시를 자화상이라고 할 수 있다. 고흐가 40여 점의 자화상을 그린 것처럼 시인도 수많은 자화상을 그릴 수 있다. 수많은 자화상이라고 한 것은 인간은 본시 분열의 존재이기 때문이다. 인간은 수많은 자화상을 가지고 있다. 그렇다고 주된 자화상을 부인할 수 없다. 압도적인 자화상을 부인할 수 없다. 강윤순 시인에게 압도적인 자화상은 '억압'이다.

　　나는 정원사가 아버지인
　　상자 속의 큐빅이었다
　　상자에 맞춰 밥을 먹었고
　　상자에 맞춰 말을 했었다
　　어쩌다 불쑥 튀어나온 기침은
　　여지없이 상자에 맞춰 구부러졌다

　　나는 늘 나를 꺾고 버려야 했다
　　언제 어느 곳이든지
　　나를 줄이고 낮춰야 비로소
　　나로서의 내가 되었다

　　삼나무 잎 가위손이 내가 버린 팔목이다
　　씨름판의 골리앗이 내가 눌린 야망이다
　　산등에 걸쳐 있는 구름이 훨훨 내가 벗어던진 옷이다
　　　　　　　　　　　　　　　　　　　　ー「분재」부분

'"분재" 그 자체'가 강윤순이었다. "꺾고… 줄이고 낮춰"서 만들어진 분재! 아버지는 실제의 아버지일 수 있고 규율 규범의 슈퍼에고를 상징하는 아버지일 수 있다. 마찬가지인 것은 실제의 아버지 역시 '규율 규범의 아버지'라고 할 수 있기 때문이다. 분재와 동의어로 등장하는 것이 "상자"이다. "상자에 맞춰 밥을 먹었고/상자에 맞춰 말을 했"다고 하였다. "상자에 맞춰 구부러졌"고 하였다. 규율 규범의 아버지가 없었다면? 강윤순은 "삼나무 잎 가위손", "씨름판의 골리앗", "산등에 걸쳐 있는 구름"이 되었다고 하고 있다. 삼나무 잎 가위손은 큰 인물을, 씨름판의 골리앗은 힘이 센 자를, 산등에 걸쳐 있는 구름은 자유를 상징한다. 이중에서 가장 주목되는 것은 '자유'이다. 강윤순은 자유가 아닌 질곡의 삶을 살았다.

이 시를 오이디푸스 상황(혹은 엘렉트라 상황), 혹은 오이디푸스 콤플렉스(혹은 엘렉트라 콤플렉스)로 접근할 수 있다. 아버지와 동일시되려는 마음을 가질 때 오이디푸스 상황에서 빠져나올 수 있다. 그러나 강윤순에게는 규율 규범의 아버지와 동일시되려는 마음을 가질 수 없었다. 아버지는 억압의 아버지였기 때문이었다. 억압의 아버지와 동일시되려는 마음을 갖기는 힘든 일이었다. 오이디프스 상황에서 빠져나오지 못했으므로 강윤순은 '오이디푸스 콤플렉스'에 걸릴 수밖에 없었다. 스스로가 규율 규범이 될 수 없는, 외부의 규율 규범에 끊임없이 시달려야 하는, 오이디푸스 콤플렉스에 걸릴 수밖에 없었다. '삼나무 잎 가위손', '씨름판의 골리앗', '산등에 걸쳐 있는 구름'이 될 수 없었다는 것은 규율 규범을 관장하는 자가 되지 못했다는 것을 고백하는 것이다. 계속해서 규율 규범에 시달리며 살 수밖에 없는 수동자의 위치에 있었다는 것을 고백한 것이다.

다음의 「갭」도 같은 맥락에서 주목되는 시이다.

사진 속에는 시간이 멈춰 있다

118

지나간 시간이 고스란히 그 속에 고여 있다

사진 속에서 웃고 있는 나는
웃음소리도 내지 못하는 큰 입을 갖고 있다

웃고 있는 사진 속의 나를 울고 있는 내가 본다
울고 있는 나를 보고 사진 속의 내가 웃는다

나를 보는 사진 속의 나는
나의 뒷모습을 기억하지 않는다, 기억하지 못한다
…(중략)…
웃고 있는 사진 속의 내가
울다가 웃는 내 모습으로 완성된다

시간을 붙잡고 있는 사진 속의 나와
시간을 붙잡지 못하는 나 사이로
추억이 키네마처럼 흐른다, 흘러간다
　　　　　　　　　　　　　　　　　　—「갭」부분

　　"사진 속에"는 "웃고 있"지만 "웃음소리를 내지 못하는" "나"가 있다. 웃지만 웃음소리를 내지 못한다? 그로테스크한 상황, 희극적 상황, 궁극적으로는 억압의 상황과 관계있다고 할 수밖에 없다.

　　"웃고 있는 사진 속의 나"와 이것을 보며 "울고 있는 나"의 병치도 그로테스크한 상황, 희극적 상황과 관계있다. 역시 억압의 상황과 관계있는 것은 사진을 보고 있는 '나'가 억압의 상황을 떠올렸기 때문이다. 웃을 수는 있지만 웃음소리를 낼 수 없었던 억압적 상황을 떠올렸기 때문이다.

"울고 있는 나를 보고 사진 속의 내가 웃는다"고 한 것이 압권이다. 역시 울고 있는 나와 웃고 있는 나의 병치이므로 그로 테스크한 상황, 희극적 상황과 관계있다. 울고 있는 '사진 밖의 나'를 보고 '사진 속의 내'가 웃고 있는 것은 '사진 속의 나'가 '사진 밖의 나'를 위로하는 형국이다. '웃음소리를 내고 웃을 수는 없었지만 다 지난 일인 걸' 하며 '과거의 나'가 '미래의 나'를 위로하는 형국이다. 과연 '지난 일'일까. 억압의 상황은 극복되었을지 몰라도, 억압의 상황이 "추억"으로까지 승화되었을지 몰라도, 억압의 트라우마까지 극복되었다고 할 수 있을까. 우는 사람을 보고 웃는 것은 혹시 오불관언의 태도 아닐까. 혹시 '과거의 내'가 힘들었으므로 '미래의 나도 힘들어야 한다'는 악의가 담겨 있는 태도 아닐까.

'울고 있는 나'를 '웃을 수는 있지만 웃음소리를 낼 수 없는 사진 속의 나' 때문이기도 하지만 억압의 상황이 현재에도 지속되고 있기 때문이라고 볼 수 있다. 여전히 억압의 주체가 아닌 억압의 객체로서 살고 있기 때문이라고 볼 수 있다. 규율 규범의 아버지를 극복하지 못한 자는 규율 규범의 슈퍼에고의 삶을 살 수밖에 없다. 능동적이 아닌 수동적인 삶을 살 수밖에 없다.

3. 자화상: 분열
'분열 그 자체'를 보여주는 시들이 많다.

> 나는 은사시 잎에서 바들거리기도 하고 붉은 장미 속에서 혀를 내밀기도 한다 풀잎 끝에 서서 깔깔거리기도 하고 바람 내세우고 수숫잎에서 사각거리기도 한다
> …(중략)…

그러나 내가 색색깔의 요란과 찬란한 구린내와 열두 개의 꼬리가 있다는 걸 아는 바위는 그 곁에 다가가기만 해도 입을 눈을 가슴을 아예 잠가버린다

— 「아부」 부분

"은사시 잎", "붉은 장미", "풀잎", "수숫잎"만큼 강윤순은 분열되어 있다. "색색깔의 요란", "찬란한 구린내", "열두 개의 꼬리"만큼 강윤순은 분열되어 있다. 분열이 시간성과 밀접한 관련을 맺고 있다는 점에서 분열은 또한 '차연'과 관계한다. 시간의 흐름에 따라 변하는 자는 계속 연기되는 자이다. 「아부」는 고정된 자아를 부인하는 시, 따라서 '주체'를 부정하는 시였다. 문제는 자화상이다. 강윤순은 「아부」를 통하여 '주체가 없는 자화상'이라는 진경을 보여주었다.

갑자기 마디 속에서 달빛보다 차가운 피리 소리가 들려요 레퀴엠의 언덕에 다다를 때까지 노래는 눈물이 될지 몰라요 그러나 어느 순간 카프리치오처럼 경쾌하게 왈츠를 출지 모르죠 그런 순간들을 기다리며 살 수밖에요

— 「나이」 부분

역시 고정된 자아를 부인하고, 고정된 주체를 부인하고 있다. 자아는 계속 연기된다고 하고 있다. "차가운 피리 소리", "레퀴엠"이 표상하는 비극의 "눈물"이 "경쾌"한 "왈츠"가 표상하는 희극의 웃음이 될 수도 있다고 하고 있다.

분열과 모순은 인접의 관계에 있다. 모순은 예술가적 인간형의 주요 항목이다. '반대로 사는 것' 또한 예술가적 인간형의 주요 항목이다.

나는 투표할 때 떨어지기를 기대하는 사람에게 도장을 찍는다 내가 간절히 바라는 일은 신이 언제나 질투하기 때문이다 그래서 나는 울어야 할 일에는 웃고 웃어야 할 일에는 운다 햇볕이 내리쬐는 날은 우산을 쓰고 비 오는 날은 양산을 쓴다 속옷은 겉옷으로 입고 겉옷은 속옷으로 입는다 금고는 활짝 열어놓고 쓰레기통은 자물쇠로 잠근다 나는 보고 싶은 것은 눈을 감고 보기 싫은 것은 똑바로 쳐다본다 그래서 나는 미워하는 사람을 사랑한다 정말 사랑하는 사람은 미워한다

—「반대」 전문

시적 화자는 모순된 삶을 사는 자이므로, 반대되는 삶을 사는 자이므로, 예술가적 인간형이라고 할 수 있다. 다르게 말하면, 예술가적 인간형은 합리적이기보다 비합리적인 삶을 산다고 할 수 있다. "울어야 할 일에는 웃고 웃어야 할 일에는 운다"라고 한 것이 비합리적이다. "금고는 활짝 열어놓고 쓰레기통은 자물쇠로 잠근다"라고 한 것도 비합리적이다.

예술가적 인간형들은 대부분 자본주의적 삶의 양식을 위반하는 삶을 살고 있다. 자본주의적 삶의 양식에 반대하기 때문에 '금고는 활짝 열어놓고 쓰레기통은 자물쇠로 잠근다'라고 한 것으로 보는 것이다. "사랑하는 사람은 미워"하고 "미워하는 사람"은 "사랑한다"고 한 것은 역설이다. 사실일 수 있기 때문이다. 미움/사랑은 동전의 앞뒷면이다. 사랑이 미움을 낳고 미움이 사랑을 낳는다.

4. 자화상: 상처

'상처 없는 영혼이 어디 있으랴.' '상처의 자화상'을 말하지 않을 수 있을까.

허공에는 숨길 수 없는 길의
찢겨진 깃발이 색깔별로 펄럭였다

이제, 나는 말랑거리는 두 손으로 딱정이 앉은 길 위에서 언
제까지 자신 있게 덤블링을 할 수 있다

―「바퀴의 노래」 부분

상처를 숨길 수 있을까. "찢겨진 깃발이 색깔별로 펄럭였다"
는 것은 첫째, 상처는 숨길 수 없다는 것이고("펄럭였다"), 둘
째, 상처가 여럿 있다는 것이다("색깔 별"). 무엇보다도 "딱정
이 앉은 길"이 상처(혹은 상처의 자화상)에 대한 은유이다. 불
행의 벌罰이 다시 불행이듯이 상처의 벌罰은 다시 상처일 수 있
지만, 딱정이 앉은 상처는 다시 덧날 수 있지만, 시적 화자는
'딱정이 앉은 상처'를 재산으로 간주하는 듯하다. "자신 있게
덤블링을 할 수 있다"고 하였기 때문이다. 딱정이 앉은 상처가
'자신감'이라는 재산을 주었다고 하고 있다.
    세상에 대한 적대감도 '상처의 자화상'과 관계한다.

사내가 내 눈 속에서
바늘 하나를 꺼냈다
독침처럼 붉다고
무섭다고
다시 내 눈을 벌리고 들여다보더니
섬찟 물러서며
내 온몸이 바늘로 뒤덮여 있다고
녹여야겠다고,
깡그리 없애야겠다고

끓인 쇳물을 내 속에 들이부었다
머리끝에서 발끝까지 붓고 부으며
온몸이 욱신거리도록 나를 녹였다
용광로에 내가 송두리째 잠겼다
그런데
녹지 않은 바늘이 나를 찌른다
전보다 몇 천 배 나를 아프게 한다
용광로에도 녹지 않는 바늘이
나를 움켜쥐고 있다

—「불멸」 전문

"온몸이 바늘로 뒤덮혀 있"는 자라니? 그것도 "독침처럼 붉"고 "무"서운 바늘이라니? 온몸이 바늘로 뒤덮여 있는 모습은 고슴도치를 연상케 한다. 고슴도치는 바늘로 적을 방어하거나 바늘로 적을 쫓아낸다. 이 시의 분위기를 볼 때 고슴도치의 바늘은 '적대감'을 상징하는 것으로 보인다. 고슴도치의 바늘이 상징하는 적대감은 "끓인 쇳물"에서도 녹지 않는 것이었다. "용광로" 속에서도 녹지 않는 것이었다. 끓인 쇳물에도 녹지 않은 적대감이라니? 용광로에도 녹지 않은 적대감이라니?

이 시의 '문제'는 적대감 그 자체에 있지 않다. 바늘[적대감]이 궁극적으로 상하게 하는 것은 '적'이 아니었다. 바늘[적대감]이 '바늘[적대감]을 품은 시적 화자'를 찌른다고 하였다.("녹지 않은 바늘이 나를 찌른다"). "전보다 몇 천 배 나를 아프게 한다"고 하였다. 여기서의 '전보다'는 '쇳물에 닿았을 때보다'이다. '용광로 속에 잠겼을 때보다'이다.

이 시의 전언은 첫째, 쇳물에 닿아서도 녹지 않은, 용광로 속에서도 녹지 않은, '그 천하의 바늘[적대감]'이 궁극적으로는

'적'을 상하게 하는 것이 아닌, 자기 자신을 상하게 하는 것이라는 것이다. 둘째, 바늘에 무방비 상태로 있다는 것이다. 상처에 무방비 상태에 있다는 것이다("바늘이/나를 움켜쥐고 있다"). "사내"는 시적 화자의 온몸에 덮여 있는 바늘을 "녹여"주려고 하였지만 실패하였다.

사내 자체를 바늘로 볼 수 있다. 아니, '잊을 수 없는 사내에 대한 추억'을 바늘로 볼 수 있다. 사내는 시적 화자에게 자신으로부터, 자신에 대한 추억으로부터, 바늘처럼 콕콕 찌르는 추억으로부터, 벗어나라고 하였지만 시적 화자는 그럴 수가 없었다. 바늘은 '쇳물에도 녹지 않는, 용광로 속에서도 녹지 않는 바늘'이었다

5. '꿈의 세계'에 나타난 자화상

시는 곧잘 꿈의 세계로 비유되곤 한다. 꿈에서도 각각 은유와 환유로 대체되는 압축과 전치가 있기 때문이다. 가상세계(혹은 드라마)로 나타나기 때문이다. 꿈의 세계에 나타난 강윤순의 자화상은 어떤 것일까.

작은 구멍 사이로 수세미 뼈 같은 그이의 얼굴이 보였어요
그리고 한 여자가 도마 위에 나를 뉘어놓고 칼질을 하고 있었어요 끙끙대는 신음 소리와 탁탁 피 튀기는 소리, 여자는 내 인내가 고래 힘줄보다 더 질기다며 칼 잡은 손이 부들거리고 있었어요 벌겋게 상기된 여자를 바라보며 그이의 얼굴에서 조개젓보다 더 삭은, 식은땀이 흘러내리고 있었어요
　　　　　　　─「아궁이 속으로 들어가는 여자」 부분

"한 여자"와 "나"는 동일인인 것으로 보인다. 시적 화자는

자신의 "인내"를 끝장내고 싶어 하는 것으로 보인다. 인내와 인접의 관계에 있는 것들이 땀, 노고, 굴복 같은 것들이다. 땀, 노고, 굴복 같은 것들을 끝장내고 싶어 하는 것으로 보인다. 여자는 "도마 위에" 자신을 "뉘어놓고" 자신을 "칼질"하고 있다.

　문제는 "그이"이다. 그이는 규율 규범의 슈퍼에고일 수 있고, 그러니까 칼질하지 말라는 규율 규범의 초자아일 수 있고, 혹은 여자를 사랑하는, 혹은 사랑했던 사람일 수 있다. 사랑하는, 혹은 사랑했던 사람일 수 있다고 한 것은 "그이의 얼굴에서 조개젓보다 더 삭은, 식은땀이 흘러내리고 있었어요"라는 표현 때문이다.

　　그런데 참 희한한 일이죠 그런 모습을 보고 내 머릿속은 점점 후련해 졌어요

　　머리끝에서 발끝까지 난도질된 내가 스폰지케이크처럼 부드러워지더니 바닥으로 천천히 스며들었어요

　　내가 자취도 없이 사라진 그곳에 연산홍보다 더 붉은 노을이 피어났어요 그 노을은 끝간 데 없이 붉게 붉게 퍼져 나가고 있었어요

　　생솔가지 허리를 부러뜨리며 밥을 지을 때마다 나는 나를 벌건 아궁이 속으로 그렇게 밀어 넣고 있었어요

　　　　　—「아궁이 속으로 들어가는 여자」 부분

칼질을 당하는 여자, 혹은 칼질을 하는 여자의 머릿속이 후련해졌다고 하고 있다. 온몸은 "스폰지케이크처럼 부드러워"졌다고 하였다. 고통의 배설이라고 하지 않을 수 없다. 인내, 땀, 노고, 굴복의 배설이라고 하지 않을 수 없다.

　이 시를 그 이상으로 볼 수 있다. '그이'를 '꿈속에서' 재회한

것으로 보는 것이다. 이것이 여자에게 힘을 준 것이다. 증거는 "연산홍보다 더 붉은 노을"이고 "벌건 아궁이"이다. 붉은 연산홍과 붉은 노을은 여성성을 상징한다. 특히 벌건 아궁이가 여성성을 상징한다. 「아궁이 속으로 들어가는 여자」를 '그이'를─비록 꿈속에서나마─만남으로써 '여성성을 회복한 여자의 이야기'로 볼 수 있다.

6. 자화상: 독한 사랑, 그리고 성화된 사랑

'사랑했던 사람'을 보내는 실습을 평생 하는 것도 강윤순의 자화상과 관계있다. 사랑했던 사람을 보내는 실습도 상처와 무관하지 않다. '평생'이라니? 강윤순의 그리움은 그만큼 모질고 독하다.

> 등을 싸안아 주던 당신의 그 따뜻했던 입김과
> 산그늘보다 더 넓었던 뜰을 거두어 넣고
> 쌀 한 줌과 동전 세 닢으로
> 돌아올 수 없는 길을 떠나려는 당신
> 가시는 먼 길 환해지도록
> 진주알로 불 밝혀드리겠습니다
> 붉은 명정에
> 당신의 그 크고 깊은 뜻
> 소리 없는 통곡으로
> 새겨 넣겠습니다
>
> ─「염습」부분

권터 그라스는 『양철북』에서 다른 맥락에서이지만 진주목걸이는 인간의 목보다 오래 가며, 손목은 야위어도 팔찌는 야위지 않으며, 무덤 속에서 손가락이 없는 반지가 발견된다고 하였다. 「염습」에서는 "진주알"이 진주목걸이, 팔찌, 반지를 대신하고 있다. 시적 화자는 망자를 진주알이 변하지 않듯 영원히 기억하겠다고 하고 있다. 애절한, 애절한 사랑의 시이다. 잊혀지지 않는(혹은 변하지 않는) 것은 없다. 그러나 진주알에 "새"긴 '죽음'은 잊혀지지 않는다(혹은 변하지 않는다).

　　배롱나무 가지를 커며 매미가 레퀴엠을 노래했나요 그 속에서 마흔셋의 한 남자가 걸어 나왔어요 일에다 젊음을 저당 잡혔던 남자 깡 소주잔도 한껏 기울지 못했던 남자 입보다 눈이 먼저 웃던 남자 그 눈 속에 아이를 넣고 키우던 남자 그 남자를 따라 이십 년 전의 여자는 자꾸 허공을 거꾸로 걸어가고요 여자를 내려다보며 배롱나무에 앉은 매미는 꺽꺽 소리 내어 울고요 간헐천처럼 여름이 들끓고 있었어요
　　　　　　　　　　　　　　　　　　　　　―「블랙홀」부분

　한 번 "블랙홀"에 빠지면 다시 나오지 못한다. 다시 나오면 블랙홀이 아니다. 한 번 사랑에 빠지면 다시 나오지 못한다. 다시 나오면 사랑이 아니다. 적어도 시적 화자에게는 그렇다. 시적 화자의 사랑은 '평생 이고 가는 사랑'이다. 평생 이고 가는 사랑의 농도는 변하지 않는다. 여전히 "들끓고 있"는 "간헐천"과 같다.
　「블랙홀」이 '평생 이고 가는 사랑'의 원인을 직접적으로 말하고 있다면("마흔 셋의 한 남자"가 죽었다) 다음 시는 평생 이고 가는 사랑의 원인을 우회적으로 말하고 있다.

　　더 오를 곳 없는 이곳 마천루 지붕 위에 내가 있어요 앉아 있

는 내 앞에 볼우물 깊은 당신이 찾아와요 당신이 오는 소리를 듣고 황등롱 밝힌 나뭇잎들이 몰려와요 웅성거리며 몰려와요 당신의 성화聖化는 시작되고

　…(중략)…

　포장 바닥에 나뒹굴어요 당신이 내게 온 날을 탈수기에 넣었더니 짙은 잉크가 빠져나가요 군데군데 얼룩이 남아 있어요 당신을 기다리며 얼마나 고운 꿈을 꾸었는지 아니에요 얼마나 무서움에 떨었는지 그래요 얼마나 설레었는지 참담했는지 당신이 바싹 마른 손을 흔들면

　　　　　　　　　　　　　　　　　　－「가을, 비」 부분

　평생 이고 갈 수밖에 없는 것은 "성화"된 사랑이기 때문이라고 하고 있다. 성화된 사랑은 석가의 사랑, 예수의 사랑과 대체의 관계에 있다. 석가의 사랑이 변하겠는가. 예수의 사랑이 변하겠는가. 성화된 사랑은 무서운 사랑이다. 본인도 고백하고 있다. "무서움에" 떤다고 하였다. 성화된 사랑을 연출하고, 성화된 사랑을 무서워하는 강윤순 시인. 그 다음에는 무엇이 남아 있는가. 아니, 그 다음에는 무엇을 보여줄 것인가.

　7. 자화상: 독한 사랑·회억의 사랑

　　① 동전의 뒷면처럼
　　당신에게 붙어 있다
　　…(중략)…
　　나는 필요악
　　당신과 함께
　　어느 곳이든 머리를 내민다

언제까지 당신을 결코 떨어져서

존재할 수 없는

—「사랑」 부분

② 숲이 숯으로

한순간에

초록 숲이

검은 숯으로

까만 내장으로

연기 없이 타는 내장

연기처럼 사라진 너

네가 남긴 불씨가

나를 송두리째 태웠다

—「받침의 회언 2」 전문

③ 이제 그대와 나의 바다에는

뱃길이 닫혔어요

회상의 먼 바다로 배는

이미 떠나버렸어요

검은 커튼을 드리웠나요

—「창」 부분

④ 박쥐는 두 눈을 멋으로 달고

너를 잃은 나는

두 눈을 장신구로 달고

박쥐도 나도 어둠 속에

빛이 없는 눈알만 굴리고 있다

―「박쥐와 나」 부분

① 사랑은 정말 "필요악"인지 모른다. 종말이 반드시 올 것인 줄 알면서 사랑에 빠져 헤어나지 못한다. 몰락해준다.

② "연기처럼… 너"가 "사라진" 순간 나도 사라졌다고 하고 있다. "네가 남긴 불씨가/나를 송두리째 태웠다"고 했기 때문이다. 비극적으로 소멸한 사랑! 아름다운 사랑의 노래라고 간단히 말할 수 있다. (나는 이 시에서 또한 시인 강윤순의 공력을 느낀다. 시인 강윤순에게 공력은 '지조'라고 말할 수 있다. '사랑의 비극적 소멸'을 아무나 감당할 수 있는 것이 아니다.)

③ 시인 강윤순의 자화상에서 회억 또한 중요한 목록을 차지한다고 말할 수 있다. "검은 커튼"이 "드리"워졌지만, 사랑하는 사람은 갔지만, 강윤순은 그를 보내지 못했다. "회상의 먼 바다"로 보냈다고 하고 있다.

④ "사랑을 잃고 나는 쓰네"로 시작해서 "가엾은 내 사랑 빈집에 갇혔네"로 끝나는 기형도의 「빈집」이 생각난다. "너를 잃은 나는/두 눈을 장신구로 달고" 있다고 하였다. 너만을 위한 눈이었다고 한 것과 같다. 지독한 사랑이 있었다. "빛이 없는 눈알만 굴리고 있다"라고 한 것도 압권이다. 그를 잃고서도, 눈을 잃고서도, '그'를 찾고 있는 형국이다.

8. 나가며

강윤순의 시세계를 관류하는 것은 규율 규범을 강제하는 슈퍼에고의 파노라마라고 할 수 있다. '아버지'로 표상되는 규율 규범에 의한 억압 또한 있었다. '분열' 또한 억압과 무관하지 않았다. 규율 규범을 강제하는 이러한 슈퍼에고의 한가운데에 '사랑의 죽음'이 있었다. 사랑하는 사람이 죽었지만 그 사랑에 여전히 집착하는 것, 혹은 지조를 지키는 것 또한 슈퍼에고의 활약이라고 할 수 있기 때문이다.

'평생 이고 가는 사랑'은 지조와 인접의 관계에 있었다. 강윤순의 자화상 중 대부분을 차지하는 것은 '상처'였고, 상처의 대부분을 차지하는 것은 '사랑하는 사람의 죽음'이었다.

무의지적 기억이 있고 의지적 기억이 있다. 무의지적 기억은 벤야민의 용어를 빌면 경험의 기억이고 의지적 기억은 체험의 기억이다. 경험의 기억은 영속적 기억이고 체험의 기억은 순간적 기억이다. 경험의 기억은 대부분 어릴 때의 기억이고 체험의 기억은 대부분 성장한 이후의 기억이다. 마을 시대의 기억과 도시 시대의 기억으로 구분할 수도 있다. 마을 시대의 기억은 잊혀지지 않는 기억이고 도시 시대의 기억은 쉽게 잊혀지는 기억이다. 사랑하는 사람의 죽음이 잊혀지지 않는 무의지적 기억을 낳는다. 무의지적 기억으로서의 '사랑의 죽음'이라는 상처는 시적 화자 강윤순의 삶을 철저하게 규정하였다. 다음의 시도 무의지적 기억의 좋은 예이다.

아파트 거실에서 치매를 앓는
아흔의 어머니가 콩을 고릅니다
녹두, 팥은 다 버리고
용케도 어머니는 콩을 알아보고
콩은 어머니를 알아보고
콩밭에 앉은 콩새 노래가 들리는지
연신 콧노래 흥얼거리며 콩을 줍습니다
'콩밭 열무김치가 맛나게 익었는데
콩 팔러 간 네 아버지는 언제쯤 오려나'

어머니가 콩을 기억하는 이유는
콩이 푸른빛이었을 때
그 안에 사랑을 저장했기 때문입니다
치매를 모르던 시절
뿜어내던 사랑의 향기가
노오란 콩으로 뭉쳐 있기 때문입니다

　　　　　　　　　　　　　　　　—「기억」 전문

　"치매를 앓는/아흔의 어머니"가 "기억하는" 것들이 있다면
무의지적 기억이라는 것이 있기 때문이다 어머니는 아주 어렸
을 때의 마을 시대를 기억하고 있다. "사랑"의 "향기가/노오란
콩으로 뭉쳐 있"을 때를 기억하고 있다. 죽어도 못 잊을 노오란
콩! ▨

| 강윤순 |
경남 남해 출생
중앙대학교 예술대학원 문예전문가 과정 수료
2002년 『시현실』로 등단
한국시인협회 회원
E-mail : kangyunsun@empal.com

108가지의 뷔페식 사랑 ⓒ 강윤순 2007

초판인쇄 · 2007년 10월 10일
초판발행 · 2007년 10월 20일

지은이 · 강윤순
펴낸이 · 이선희
펴낸곳 · 한국문연

주소 · 서울 서대문구 북가좌동 324-1 동화빌라 202호
출판등록 · 1988년 3월 3일 제3-188호
대표전화 · 302-2717 | 팩스 · 302-6053
디지털현대시 · www.koreapoem.co.kr
이메일 · koreapoem@hanmail.net

ISBN 978-89-6104-012-9 03810

값 6,000원